| 엄한정 시집 |

너의 자리

문학사계

작가소개

엄한정 嚴漢晶

○ 아호: 梧下. 念少. 1936년 인천출생
○ 서라벌예술대학 및 성균관대학교 졸업
○ 1963년 아동문학(박목월 추천)지와, 現代文學(서정주 추천)지로 등단
○ 시집 낮은자리. 풀이 되어 산다는 것. 머슴새. 꽃잎에 섬이 가리운다.
  면산담화. 풍경을 흔드는 바람. 나의 자리.
○ 동인지 : 이한세상 1~18집
○ 국민훈장석류장. 한국현대시인상 본상. 성균문학상 본상. 일봉문학상.
  한국농민문학상. 한송문학상 미당시맥상
○ 한국문인협회 감사. 국제펜클럽한국본부 이사. 한국현대시인협회 부회장.
  한국농민문학회 회장. 미당시맥회 회장. 한국문인산악회 회장 등 역임
○ 이한세상 동인, 교직 40년 경력
○ 우)08730
  서울특별시 관악구 관악로 304, 110동 703호 (봉천동, 현대아파트)
  전화 : 010-2224-9248, 02) 872-9248
○ Email : oha703@hanmail.net

표지 글씨
書藝家 淸顯 姜樂遠 (대한검정서화회 회장)

머리말

2015년 시집 『풍경을 흔드는 바람』을 낸 뒤 잡지에 발표한 100여 편의 시들을 모아 또 한 권의 시집을 낸다. 그 만큼 5년이란 세월은 긴 시간이기도 하다.

어찌 생각하면 너무 많이 쓴 것은 아닌지 한편 부끄럽기도 하다. 이제 새삼스럽게 부모님과 스승님의 은혜를 절감한다.

살아온 날들을 되돌아보면 내가 지금까지 이렇게 시를 쓰게 된 것은 우리 가족들과 천우신조의 덕분이다.

저 하늘로 먼저 떠난 친구들에게 이 시집을 보일 수 없어 안타깝다.

이제 팔십 줄에 들어 서가에는 빈 자리가 없지만, 시는 마음에서 우러나오는 노래니까 십대에도 이십 대에도 팔십 대에도 쓰기 마련이다.

늙음은 말 없이 찾아오고 사람은 정신적으로 성장하는 동안 늙지 않는다 하니 시 쓰기를 쉬지 않으려한다.

목차 배열을 편집 편의상 제1부 외에는 가나다 순으로 하였다.

시집을 내주노라고 애쓰신 황송문 시인께 감사한다.

2020년 신록에, 엄한정

차례

제1부

제2부

제3부

제4부

제5부

제6부

제1부

나의자리

벌초

살아실 제 손 한 번 잡아드릴 일이지
어버이를 여의고 비로소
묘소에 손질하며 회한의 잔을 올린다

아버지 따라 배운 대로
양속을 따라 벌초를 한다
살아실 제 못한 효도의 끝자락에

망초풀 베어낼 때 애잔한 뻐꾸기 소리
억새풀 도려낼 때 매미 소리 여물어
나도 따라 울꺼나

잡풀 없이 고운 황금빛 잔디밭에
밤에는 달과 별이 비치는
영원한 안식의 집에 언젠가 나도 갈꺼나.

나의 자리 1

걸을 힘만 있으면 날마다 집을 나선다
바쁜 세상에 나는 소걸음이다
소걸음이면 어떤가
물 흐르듯 나의 자리를 찾아가는 길
빨리 가다가 넘어지느니 쉬엄쉬엄 간다
언덕을 오를 때는 멀리 보지 않고
발부리만 보며 뒷걸음질 한다
발 편한 신만 있으면 어디든 간다
꽃자리가 아니라도 잠시 쉴참에는
스쳐가는 여인의 미소를 만나며
한 모금의 샘물을 마시고
산간의 풍경소리도 듣는다

희망을 줄이며
조각보처럼 옷을 기워 입어도
남들이 앉지 않는 젖은 의자라도
낮은 자리라도 크게 보일 때
그 자리가 나의 자리인가 싶다.

나의 자리 2

어디 가 앉아도 어색하지 않은 나이
어디서나 소박하게 웃을 줄 아는 나이

마음 속 소를 매고
쉬엄쉬엄 들길을 걸으며 풀꽃 향기를 맡고

어디라도 제 고향인 듯
나무그늘에 땀들이며 쉬는 자리

백팔 고개 굽이굽이 돌아서
내 앉은 자리가 스스로 빛을 내는 별이 되기를.

심심한 날은

가고파도 갈 곳 없는
혼자이기 심심한 날은-

목탁 치는 딱따구리 소리 벗삼아
적막한 산길을 걸어서

개나리꽃 노란 햇볕 내리는
툇마루 밑에 스님의 흰 고무신 보고

고요를 더하는 풍경소리
들으려 절에 간다

바람 벗삼아 심심치 않은 풍경처럼
평생토록 놀감 하나 있었으면 좋겠다

강아지 제집 찾듯 손자가 왔다.

바보새

긴 날개 늘어뜨리고 뒤뚱뒤뚱
서툰 날갯짓하며
아직은 날지 않는다

아이들이 돌을 던져도 도망 다니는
천지에 소문난 바보라고 비웃지만
나는 시늉도 또 울지도 않고
희망의 날개를 펴 날 때를 기다린다

그리하여 마침내 폭풍이 밀려오는 날
모든 새들이 숨는 그 때
바보새는 숨지 않고 절벽에 서서
삼 미터의 긴 날개를 펴 펄럭거린다

이윽고 하늘을 믿고
거센 바람에 몸을 맡겨 하늘을 날면
날개가 하늘을 덮고
그림자가 바다를 덮는다

세상에서 가장 높게
멀리 날으는 새
그의 진짜 이름은 '알바트로스'
동양의 신화 '하늘을 믿는 노인'

꿈꾸는 섬

꿈이 섬이 되는 꿈꾸는 섬
꽃 속에 섬이 들어앉았다
아련한 물안개
꽃잎에 가리우는 섬
마음 깊은 곳에 그리며

희고 긴 구름다리를 건너면
이니스프리의호도 또는 샹그리라
어둠 속에도 지워지지 않고
침몰하지 않고
인적을 막는 성벽처럼 바다에 떠 있다

외딴 섬에 오두막을 짓고
맨살에 태왁 멘 잠녀 같은 아내와
다랑밭에 고사리 곰취 참나물 뜯고
섬자락에 바지락 캐고 소라 따며

내 것만 가지고도 알뜰하게 사는 섬
새벽 고깃배에 샘물을 실어주며
만선으로 돌아오는 밤 뱃길에 불을 밝힌다
언제나 떠날 준비를 하고 기다리는 배 한 척 두고.

산의 품에 안기어

눈 뜨면 코 앞에 다가오는 산
쉬며 놀며 가는 산길에
산나리꽃 방울꽃 병아리꽃에도
나비가 앉아 웃는다
나를 따라 산이 웃는다

아무도 발길 없는 외진 숲 속에
집보다 좋은 여기는 지붕 없는 서재
만 권의 서책에 담고도 남을
저들의 속삭임에 옷깃을 여민다

나무나무 잎잎마다 명찰을 달아
그 이름 부르는데 해가 저문다

산이 깊어 길을 잃을 때
산토끼 발자취가 길을 내준다
마침내 돌아가야 할 내 본향
산이 내 마음 안에 들어와 산다.

웃으며 산다

어디 가고파도 길동무 만날 수 없는
석양의 나그네가 되어
가을갈이 끝낸 외양간의 소처럼
지난 날을 되새김질 한다

아무것도 가질 것 없어
마음을 달래며
서가에서 묵은 화집을 꺼내어
석양빛이 찬란한 그림을 찾아본다

카톡!
증손자가 태어났다고
날아간 새가 사진을 보내왔다
난향 같은 미소를 보내온 사진
때때로 보내오는 또 한 송이의 꽃
인찬이 사진 보는 재미로 웃으며 산다

어머니는 호미를 씻고

황혼빛이 나뭇잎에 반짝인다
지는 꽃 향기가 그림자에 내린다
한낮을 울던 뻐꾸기 숲 속에 잠들면
늙은 달이 실눈을 뜬다
날로 멀어져 가는 향촌의 길
글렁쇠 굴리며 놀던 언덕에
달이 뜬다
비로소 어머니는 호미를 씻고
아이가 놀던 언덕길을 걸어오신다.

즈믄 해의 잠을 깨어

바위가 깨져서 불상으로 태어난 돌과의 인연

이름 지을 돌 찾아
시를 쓰듯이
오랜 세월 강뻘을 헤매었다

탁류가 강가의 돌밭을 쓸고 간 다음
만난 돌과의 조우

깊은 산속 바위를 깨고
즈믄 해의 잠을 깨어 또
천 년을 강으로 굴러서 부처님으로 태어난 돌

자연이 만든 부처님이
어쩌면 나와 만나는가
나에게 부처님처럼 살라 하는가

불심을 길어오는 부처님의 선물이라
연꽃 위에 올려놓고
흘러온 강을 따라 더듬어 간다.

웃는 관악산

바라보면 저기 관악산이
검지 끝에 와서 웃는다
강감찬 장군 사당에서 언덕 너머
봉산산방에 미당 내외가 살았다

산에 가까이 살면
숨은 예쁜 풀꽃들도 잘 보이고
내가 웃으면 산도 따라 웃는다

노년의 부부가 휴식의 한때를 나란히 앉아서
"여보 관악산이 웃고 있어요"
말하는 방옥숙 여사를 향해

미당은 대불처럼 웃으며
대서쟁이를 자청하는데
관악산이 정말 웃는가 웃는가
산에 기대어 사니 웃는 것이 보인다

풀이 되어

그대 가더니
봄바람에 풀처럼 살아오네
고도처럼 외롭게 살던
생애의 남루를 벗고

눈길에서 함께 나누던 이야기
봄물소리처럼 다시 살아나고
고운 하늘 아래 제비꽃도 피었네

풀각시 두엄에 던져지듯
강을 건너서
그대 사발 산에 묻은 다음
신세 진 이 땅에
풀이 되어 산다는 것과
삶의 거름이 되는 법을 익히고 있네.

천 강의 달

단양 제비봉을 찾아서
바위문 안으로 들어서니
'강물에 천의 달이 떴다'는
현판이 절 기둥에 걸려있다

한 스님이 제비봉 빈 산에
암자를 짓고 살며
인적 없는 장지문을 빼꼼이 밀고서
맑은 하늘에 만 리를 바라본다

계곡을 따라가면
강물 굽이마다 잠긴 달이
천 개의 연등을 달아놓은 듯
스님 혼자 보기 아깝단다

하늘인가 땅 위인가
강을 굽어보며 만상의 조화를 헤아린다
이태백이 와 보면 무릎을 치리로다
나도 바가지 차고 가서 달을 퍼올릴까.

산은

산은 인내하는 모성
아내의 가슴이
저 산 만하게 보일 때가 있다
신부처럼 얌전하게
머리에 늘 면사포를 쓰고
품 안에 목마른 생령들을 키우는 산
강아지 다섯 마리 우리 새끼들을
키우는 아내는
늙으신 시어머니 정성스레 모시기에
어느 사이 눈가에 삼삼한 눈주름
강심처럼 내색하지 않는 효심은
수련의 그늘 같은 은은한 암향

내 하루의 고단한 일과가 끝나고
찬란한 저녁빛이 마침내
두꺼운 그늘로 골짜기를 덮으면
동굴을 찾아가는 산짐승처럼
나는 그 가슴에 잠들고 싶다.

아름다운 여운

안면도 앞 바다 파수도의 주인
안 노인은 섬 둘레의 수려한 돌과
뒷동산의 배롱나무 하나하나를 세고
섬만 보며 온 생애를 바쳐 이룬
연못의 수련꽃을 본다

연못 위에 엷은 물안개가 걷히면
해오름과 같이 이슬 화장하고
한낮의 은혜로운 햇볕 받아 꽃을 피운다

수줍어 잎 뒤에 숨었다가
해 넘어갈 때 노을처럼
다시 피는 꽃봉오리로 돌아가
예쁜 아기 잠들듯이 편안히 물 속에 가라앉는다

향기로운 생애의 여운을 물 위에 남기고
아니 온 듯 다녀가는 수련 꽃
내 살다 가는 족적도 이와 같아라

아버지

아버지는 초등학교도 다니지 않은 농사 짓는 사람
이었다.

평생 흰 무명 바지 저고리만 입고 살다 가셨다.

내 전답은 손수 가꾸어야 직성이 풀렸고

그래서 회갑 나이에도 내 전답을 일구는 일은 남의
손을 빌지 않았다.

기력이 다해 농사일이 힘겹게 되었을 때는

피땀 흘려 가꾸던 전답을 팔고

하나 뿐인 아들을 따라 서울로 솔거하였다.

농사일에는 학벌이 필요하지 않았다
정직하게 부지런하게 일을 하면 그만이었다
그 점에서 아버지는 하늘을 우러러
한 점 부끄럼이 없는 사람이었다
이런 내 아버지를 미당은 처음 보자마자
선비라고 칭하였다
눈을 감고 더듬어 모습을 그려 본다.

풀향기 꽃내음

멀어서 못 간다 했더니
꽃이 피고 지는 것이 하루 아침이니
풀향기 꽃내음이 좋아 청한다며 어서 오란다

마음이 발을 재촉해 매화골에 갔더니
만 권의 책을 모아
농민문학관이라 이름 짓고

매화꽃 그늘에 시화를 걸어 전시해
이 또한 금상첨화
나무 아래 술상을 차려 꽃잎으로 술잔을 센다

살아갈 세월이 아직 남아
고향에 묻혀서 이렇게 사는 것도 한 멋이다
먼 곳에서 온 친구들 한자리에 모여
풋살구도 맛있던 옛날이야기 꽃을 피운다

화진포 노래

백담골 내려와
해를 아껴가며 화진포로 간다
이름만 불러도 노래가 나오는 화진포
호수와 바다가 하나로
눈앞에 거북섬이 광개토대왕릉이란다
호수로는 모자라
바다로 나온 대왕
전설의 진위 아랑곳없이
이름만 들어도 가슴 벅찬 고구려의 땅
파도 소리 천군만마의 함성이다
달콤한 꿈 속에 들다
광활한 대륙에 타오르는 불길인 듯
수평선에 떠오르는 태양
거북섬 뒤로 오는 만선의 고깃배
어부들 노랫소리 파도에 실려온다
그 여운 지금도 삼삼하다.

제2부

감자꽃 노래

갈월리 노래

아이 마음에 아스라한 산을 넘어
구름 위에 누워 본다
구름이 비 되어 내릴 때
아주 정든 갈월리에 내리리
나는 내려서 보리라
초가지붕처럼 순후한 인심과
진달래꽃 피는 뒷동산
고논에는 파란 물결이 일고
봇도랑 위를 높이 나는 물총새
밤길에는 달도 따라왔더라
갈월리 살 때 하늘은 샘물 같았지.

갈월리에 가면

지금은 아는 얼굴이 없다
내가 살던 집터는 막다른 골목
회벽이 앞을 막아 발목 잡는데
한 줄기 그리움이 길을 내었다
흙냄새 구수한 옛날 그대로
뒷동산에 나무 나무 환호하는
꽃방망이다
손발 따순 계집애와
열 살 적 내 얼굴과 목소리도
그대로 거울처럼 떠오른다.

강아지도 봄맞이 간다

노란 산수유꽃이 눈을 뜨면
빈 김치항아리를 우물가에 내놓고
냇가엔 살진 버들강아지
오요요 강아지도 봄맞이 간다

검은 바위 이끼도 연두색 옷을 입고
낯익은 길목엔 제비꽃이 피었다
누나는 툇마루에 앉아 버들피리를 불고
형들은 구성지게 휘파람을 불었다.

감자꽃 노래

어머니 아버지를 모신 동산을 찾아갑니다
사진을 집에 걸어두고
언제나 만나고 싶은 부모님 묘소를 찾아갑니다
빈 손이 부끄러워
생전에 좋아하시던 감자꽃을 따다 드립니다
배고프면 허기를 달래주던 감자
감자꽃은 어느덧 나의 노래가 되었습니다
마른 잔디에 불지른 묘소에
불길처럼 또 풀이 무성합니다

뻐꾸기가 뻐꾹뻐꾹 웁니다
안개 속에서 웁니다
안개 속에서 나는 길이 안 보입니다
땅 속에는 문도 길도 없습니다
해도 뜨지 않습니다
한 줌의 바람도 없는데
해 저물 때까지 산소의 잡초를 뽑다가
저녁 이슬에 바지가랑이가 젖습니다
먹물 같은 마른 침을 삼킵니다.

계양산에 간다

산이 거기 있어 고향이 보인다
저기 저 엷은 보랏빛 산 아래
넓은 들 가운데 마을 갈월리
계양산이 가까이 오는 날은
고향 친구들 이름이 또렷이 떠오른다

울타리 안에 떨어진 홍시를 줍던
정든 장독대 언저리에
누나의 예쁜 마음을 심어 놓은 꽃밭
남향받이 우리집은 아버지가 손수 지은 집

여름 밤 마당에 멍석을 깔고
서울보다 열 배는 크고 빛나는 별을 보며
백 배 많은 별들을 헤아렸다

탈 것 없던 삼십 리를 걸어서
지워진 옛 흔적을 찾아
마음에 그림을 그리며 계양산 보러 간다

가기만 한다면

가기만 한다면 서두를 것 없네
황소는 느릿느릿 걸어도
하루 논 댓 마지기를 간다네
꽃이 피고 지는 동안
아이는 배울 것을 배우며
어른이 된다지
그래 서두를 것 없네
인생은 산을 오르듯
거북이 걸음을 하세
뒤 쳐진 사람이 앞서기도 하고
앞서던 사람이 뒤쳐지기도 하지 안는가.
가면서 다시 오겠다 하며
사 계절을 돌아오면 나이 한 살을 더한다.

걷기 좋아서

친구 집 마당에 눈이 수북이 쌓였고
주인은 보이지 않았다
나 다녀간다고 눈 위에 쓴다
걷기 좋아서 발걸음 했는데
잣나무에 얽어놓은 정자에
마주 앉았던 자리만 보고 돌아선다
꽃 필 때 다시 오거든
길 마중 나오기 바라오
나 세상에 다녀간다고 하는 말은
어디에 써놓을까.

곡성 나들이

마을 둘레가 모두 산이라 곡성(谷城)이다
저기 지리산의 아련한 보랏빛
능선에 황혼이 지면
서울서는 못 보는 화등잔 만한 별들이
밤하늘에서 대바구니에 쓸어담을 만하다

곳곳이 절터인데
가옥마다 문전옥답을 가꾸며
사는 재미에 단맛을 낸다
오신 손님들에게 수박 만한 멜론 백 개를
나누어 주는 살갑고 후한
인심이 봄볕처럼 따사하다

명산은 인재를 낳으니
향촌의 작가 이 재백이 여기 살더라
곳곳에 돌에 명문을 새겨 세우고
마을을 명소로 만들며 살더라.

귀면암에서

대청봉에는 잣나무도 누워 누운잣나무
천불동 계곡의 귀면암 머리에는 청청한 소나무
생명의 뿌리 바위틈을 비집고
고래 힘줄처럼 동해에 닿을 듯

누운잣나무는 높은 곳에서 얼굴을 숙였고
귀면암은 낮은 골짜기에 우뚝하다
가까이서 안 보이던 귀면이
멀리서 보니 오히려 신비하구나

설악은 설경이 제일인데
눈길에는 쉽게 시작하여 이별하는 사랑과
손을 잡아주는 의지목도 있지만
흔들리는 바위도 있다

놀아라 잘들 놀아라
내 품에서 놀긴 하지만
새처럼 날아 오를 생각 마라
길 아닌 곳으로 오르다가 실족하면
지게에 얹혀 청솔 덮고 가는 아이야
하늘에 침 뱉는 너의 이름이 부끄럽다.

故 변세화 시인을 추모하며

흔들리는 이승의 숙소에서
영원히 평안한 나라로

그대 갔다 하지만
구름으로 떴다가 비 되어 다시 오게

그대와 나 오랜 친분
앙금이 되어 내 마음에 있네

그대 간 자리
추억의 풀밭에 이슬이 영근다

부신 햇살에 지는 꽃밭에서
마음 놓고 운다.

국립서울현충원에서

책 놓고 고요한 마음에
국립서울현충원에 가면
해와 달이 지켜주는 포근한 땅에
대한민국 근현대사의 별들이 남긴
아름다운 말씀이 있다.
"오직 한 길 우리 말 글 키우시니…
우리가 만들어서 우리가 쓰자…
조국의 얼을 교향악으로 창조하시니…
 말씀 한 마디 노래 한 가락…"
주시경 조만식 안익태 이은상
이분들의 묘비명이다
그 실행으로 나라를 빛내시고
그래도 못한 일 애국이라 하시다

그 자리에 놓인대로

강가에서 주워 온 산수경석을
좌대 해 놓았더니
한 친구가 몰라라 하며 한사코 가져갔다
투박하게 말해서
나는 그를 산도적이라 했다
그리고 서운함도 잠시
체념하고 생각해 보니
본래의 주인은 먼 산의 어느 바위였던 것을
내가 도적인 줄은 몰랐다

한때 돌 줍기를 좋아하여
강가에 돌밭을 헤매었거니
좌대에 올려놓고 좋아했다마는
제자리에서 제일 빛나던 것
이제 다시 제자리에 되돌려 놓으려 해도
마음 같지 않아 무릎에 근력이 모자란다.

그 자리에

낮은 자리
그 자리에 나를 두고 산다

밤 하늘엔 별들이
강가에는 예쁜 돌들이 있다

귀신이 보이는 나이에
옛날
내가 살던 마을에 갔다
그 자리에

단풍 물든 산에 열매
밭에는 노랗게 속이 찬 배추
누루 익은 볏논 모두
내것이 아니라도 배가 부르다.

금수산 도토리의 꿈

시골 소년이 시인의 꿈을 안고
미당과 목월의 댁을 드나들었다
빈 손이 허전하여
풋콩대 몇 다발과 사과 몇 알을 들고
습작품을 놓고 오고 놓고 오고는
거위의 꿈을 꾸었다.

절대로가 아니라 될 수 있는 대로
남의 눈치 보느라 오그라들지 말고
단양 금수산 자락에
갈잎 속 도토리처럼
한겨울 움막에서 추위를 견디며
미당(未堂) 같은 싹이 나기를 기다렸다

계양산 추억

추석날 사촌과 성묘를 하고
계양산을 오르다가 갈증이 나서
되짚어 내려오는 길에
남의 과수원을 만나 몰래 따 먹은 배
살아가면서 갈증이 날 때
그 맛을 칠십 년 긴 세월에도 잊지 못한다
그 값이 지금은 얼마일까
이제 와 갚으려 해도
그 과수원도 주인도 간 곳이 없다
고향에 빚진 일 이 뿐이랴만
용서를 빌지 못하고
오늘도 서달산에 오르니
멀리 계양산이 안개 속에 아슴프레 하다.

기뜩이

예쁜 이름 따로 있지만
요거 요거 요것을
우리집에선 기뜩이라 부른다
고추꽃 피어나듯 쏙 내민 젖니 네 개
패랭이꽃 입술에 머리는 삐삐
엄마 아빠 일터로 간 다음은 할머니 차지
손에 잡히는 것은 모두 장난감
단지 화초는 이뻐 이뻐 만지지 않고
장난감가지고 혼자서도 잘 놀지만
할머니가 등을 내어 앉으면
업히는 걸 제일 좋아하지
엄마 아빠와 잠자리에 들면
아침까지 보채지 않고 잠자는 것 기특해라
될성싶은 떡잎 보며
엄마는 귀염둥이 할머니는 기뜩이

고희에 이맛살 환히 펴 주는
애보개도 달가와라
현민아 부르면
네 대답하는 날도 곧 오겠지.

귀룽나무 그늘에서

누님 댁 마당 가에 섰던 귀룽나무
귀룽나무꽃에서는
내 어릴 적 업어주시던 누님 냄새가 난다

그 그늘에서 뛰놀던 때
쌀밥에 김을 얹어 주시던 누님
꽃나이에 시집가서 청상이 되어

평생 질경이처럼 밟히며
두더지처럼 땅만 파며
소처럼 순하게 살다가

인생의 석양에 의지할 곳 없이
조랑말 타고 오신 낭군을 따라 가는 길
마지막 꽃 단장에 좋은 데로 가시었다

속세의 누더기 벗고 돌아가는 길
천명을 어떡해
나는 눈물도 나지 않았다
꽃이 쏟아지는 귀룽나무 그늘에서 생각난다.

고마운 날

여보 파란 하늘 좀 봐요
저 꽃 좀 봐
여보 산이 웃고 있어요
터놓고 마음을 나누며

어린 시절 보았던 꽃 이름도
서로 맞춰가며
경포대 호숫가를 거닐 때

호수에 수퍼문이 떴다 달이 둘이다
오늘이 마침 그날이라니
해가 지면 달이 뜨는 천체 운행이
새삼 고마운 날.

꽃 한 줌

시장 골목에서 꾸부리고 앉아
봉숭아꽃을 파는 할머니에게
꽃 한 줌 사가지고
술아줌마 집을 찾아간다
막걸리 잔에 꽃잎 띄워 마시니
가슴에 꽃이 피어 달아오른다
술의 따뜻함에
꽃의 어여쁨이 돋보인다
안분이 따로 없음에
마음이 새털처럼 가벼워진다.

제3부

달 맞으러

낫을 갈 때

볼품없지만 대물림 한 돌이다
낫은 여러 개를 바꿔 갈지만
숫돌은 하나
낫을 갈 때는 초동이 된다
산 너머를 그리워하는 초동이 된다
뜸북새 내리는 논두렁 길에서
검정 고무신을 신고 보는 산 너머 뭉게구름

낫을 갈 때는 낫보다
숫돌이 얼마나 고마운지
숫돌에 흐르는 물이 촛농처럼
순교자의 피 아니 아버지의 눈물처럼
가슴 저린다
낫을 가는 지금 나는
저 산 너머의 그 너머를 내려간다
추석 밑에 벌초를 위해
낫을 가는 나를
아들 형제가 비켜보고 있다.

나도 하고 싶은 말

"임금님 귀는 당나귀 귀"
벙어리 냉가슴을
겨우 자서전에 써 넣었다

"어떤 장사가 자식 이기는 장사 있더냐
그것도 첫 놈 낳고
17년 만에 본 자식이고 보면
앞날이 구만 리 같은 아이를
데모했다고 군대 보내고
제대하니 나라 밖엔 못 나간다 하니
권력자 편들어 몇 마디 말만 해 주면

자식 풀어준다 해서 들어준 것을 가지고
평생 쌓은 공든 탑 깡그리 쓸어버리고
달걀 세례 퍼붓다니
저도 권력자 앞에 밥 빌어먹으며
알랑방구 뀌는 것들이…"

나도 하고 싶은 말
이제 할 수 있다
성탄 전야
오늘은 그 스승의 17주기 기일이다.

낮은 담장

낮은 담장에 싸리문 달고 봉당에 우물 파고
수탉 소리도 들리는 마을
감나무 가지도 장미꽃도 담 넘어오는 낮은 담장

마루 끝에 앉아 담장 너머로
남의 집 지붕 위에 파란 하늘을 빌려 본다
마당 가에 옥수 흐르는 도랑 물소리

온돌방에 배 깔고 책을 읽다가 잠든
다음 날 아침에 장독대에 쌓인 눈이 처마 밑을 받친다
마당에 눈사람 만들고 도토리 주워 눈 속에 묻는다

언젠간 이런 집에 살고지고
그림을 그려 본다.

너는 누구냐

너는 누구냐
무엇이 되었느냐
거울 앞에서 좋은 말로
'너는 늙어 보았냐 나는 젊어 보았다'
자문하며 되돌아본다
아버지의 쟁기 뒤를 따라다니던
아이는 논둑에 앉아 푸른 산 너머를 바라보았다
맨발에 고무신을 신다가 구두를 신기까지
걸어온 길이 아득하다
호미자루 놓고 푸른 산을 넘어
달 가고 해가 지고 교단 사십 년
문필 오십 년 시(詩)에 이름을 짓고
석양의 언덕에서 바라는 것은
우물보다 가만하게
이슬처럼 가벼이 날개를 모으고
풀잎에 잠드는 나비가 되어지라.

눈밭에 그린 새

바위 밑에 움츠린 개구리 겨울잠 깨고
눈 밭에 그린 새가 어느덧 날아가면
봄비에 새잎이 돋아난다

뒤란에 작약 촉이
애기 고추처럼 발그레
언 땅을 배시시 비집고 나온다
담 밑에는 노란 병아리 졸고 있다

농부는 농기구를 꺼내 손질하고
봄 논갈이를 준비한다
볍씨도 고르고 삽 들고 들로 나가
터진 논둑 손질 한다.

누나 분꽃 별

누나와 같이 보던 분꽃
저녁에 피었다가 아침에 지는 꽃

분꽃이 피고 성글게 별이 뜰 때
분꽃 닮은 우리 누나 일터로 간다

꽃밭에는 밤 사이 이슬이 내리고
누나는 일터에서 별처럼 잠을 못 이룬다

분꽃이 지며 별들이 하나 둘 잠들 무렵
분꽃 닮은 우리 누나 고개 숙여 집으로 온다.

달아 달아

달이 늙는다면 말이 되느냐?
달처럼 한 눈에
세상을 뚫어 보는 시인은 있으리라
월로사(月老寺) 스님 같은

늙은 달이란
달을 경배함이라
황혼빛이 안산을 넘어가면
잃어버린 달 찾아
달 뜨는 풍경을 사랑하리

달을 보자고 정자를 따로 짓지 않아도
굴렁쇠 굴리며 놀던 언덕에
관악산 덜미에 밝은 달아
어머니 떠나시던 날은
달이 행주처럼 젖어 있었다.

달 맞으러

눈밭에 그린 새 날아간 뒤
그 자리에 새싹이 돋아난다
바람과 서리 번갈아 몇 해인가
가다 못하면 쉬어 간다 하니
느린 걸음에 높은 산은 못 오른다
걷기 좋은 평평한 길 찾아
경포호수 한 둘레 걷고 나서
쪽배에 몸을 싣고 달 맞으러 간다.

도자기와 좌대에 놓은 돌

돌이 모래에 갈리고 물에 씻기고
저희들끼리 비벼대며
긴 여행에 모양을 내듯이
아끼고 예뻐하는 마음을 담아
돌이 정물화처럼 보이도록
좌대에 앉힌다
그 돌처럼 말을 골라서
오롯이 마음이 배도록 시를 쓴다
생각이 말을 만들고
말이 생각을 다양하게 바꾼다
도공이 열 아흐레 동안
잠자지 않고 불을 때고
가마가 불덩어리가 되었을 때
환원(還元)을 일으켜
비색의 자기가 탄생하듯이

말과 생각이 표현의 화학작용으로
불의 신비처럼 시를 이룬다.

돌 이야기

단양의 제비봉 금수산 골짜기로
금모래 은모래 강변 돌밭으로
돌 바람에 미쳐 찾아 헤매며
모아놓은 호랑이 문양석
쌍둥이 모양의 형상석 산수경석 문필봉을

산 놈들처럼 이름을 지어
보석인 양 아껴가며 손때 묻히며
돈보다 남 주기를 망서렸지만
내 욕심을 버리고
욕심내는 친구들에게 주기로 했다

모두다 나누어 주어버리고 허전하면
한적하게 번갈아 찾아다니며 보는 것이
더 새롭고 즐거울 것이다
산과 강가엔 얼마던지 돌이 있고
이 세상에 있는 것이 모두다 나의 것이려니.

돌배나 사과나

돌배나 사과나 익으면 단맛이 들지
크거나 작거나 열매라 하지

솔씨는 작은 새가 먹고
다람쥐는 잣을 먹는다

크거나 작거나 열매는 모두
길짐승과 날짐승에게 생명의 양식이 된다

나에게도 양식을 내리시는
천지조화가 참으로 신묘하구나

꽃은 나무에서 피고 나무는 흙에서 자라는
흙의 은혜를 한동안 잊고 있었다

뒷동산 거북바위

"시인이 병든 사회는 병든 사회"라는
작가 게오르규가 한 말이 꿈속에도 떠오른다
뒷동산 거북바위 설화 또한 떠오른다

뒷동산 거북바위는 일 년에 한두 번
백성들의 쌓인 소원을 등에 지고
용왕님께 가 소원을 전한단다

어떤 왕조에서 시인들이 병들고
젊은 번데기 장수들까지 망했다는
저잣거리 민심을
거북바위가 용왕님께 전하니

누워 자던 와불도 일어서며
천둥 번개 치며 강물이 뒤집히더니
왕조가 무너지더란다

비바람 먹구름이 걷히면
밝은 해가 뜬단다
장강의 탁수도 끝내는 맑아진다
왕조란 역사의 강에 뜬 조각배란다.

명동골 이야기

다방 문예살롱으로 갈채로
6.25 전쟁 어둠 속에서
커피맛과 음악에 주렸던 문화인들이
다방으로 음악실로 모여들면서
인정과 낭만이 솔솔 감돌았다
동리는 주호회를 만들고
박용구는 계룡산을 쓰고
박인환은 세월이 가면을 쓰고
오상순은 청동다방에서 온종일 담배를 피웠다
그러면서 문화창조에 열정을 다했다
문화의 요람 명동에서
우리들은 제2세대의 꿈을 꾸었다
되잖은 사상 설익은 논리로
기염을 토하며 펜을 다듬었다
천진난만성에 축축하고 끈끈한

촌티를 못 벗고 골목을 누볐다
고상한 클래식 음악도 들었다
그리고 60년이 지난 지금
그때 다방과 사람들은 없지만
우리들은 모여 명동회 깃발을 날리고 있다

물을 데 없으니

해마다 이맘때면
간절한 친구 생각에
좀 이르다 싶은데도 성급하게 묻기를
매화분재에 꽃이 피었느냐 했더니
꽃향기 바람에 실어 보낼 터이니
잔에 술 딸아 놓고 기다리란다
당장 달려가고 싶다만
눈길 녹으면 술병 들고 가서
겨우내 막혔던 이야기 길 트려 했더니
그 친구 먼저 먼 길 떠나고
매화분재 안부 물을 데 없다
곧 신록이 오겠지만
어디 가고 싶어도 길동무 찾을 수 없다.

미당국화차

고향에 해 드린 것 없어
늘 면목 없다고 마음이 쓰이고
생애의 팔할이 바람이었다고 하셨지만

마침내 시의 궁궐을 이루시고
고향 선운리 언덕에 영원히 누우시니
후생의 사람들이 그 둘레에
온통 국화밭을 일구고

줄을 잇는 추모의 행렬에 나도 끼어
향기 좋은 노란 국화꽃 한 줌
따다가 미당국화차라 이름 하고

차를 다려 당신의 숨결을 느껴 봅니다
세상에 어떤 화조풍월보다
어쩌면 제자로서 이런 호사 있나요
"국화 옆에서" 당신의 노래를 외워 봅니다

밑그림

호랑이가 돌 속에서 운다고
광주에서 온 엽서에 써 있었다
오래 전에 써 놓은 것이다

한 알의 씨앗으로 온 들판을 덮을 수 있다
태양 아래 향기 나는 곡식 누가 다 먹을까

바람이 나무를 흔든다고 거기 맡기랴
열매가 과하면 스스로 터는 것을
받아 주는 흙이 있어 안심한다

맷돌과 숫돌은 제 몸을 아끼지 않고
웃는 물결 속에는 웃는 돌이 있다

잡초도 범접하기 민망해 피해 간다
융단 같은 잔디밭
굽으면 어떠하랴 진초록이면 되었지
난초가 말한다
이슬이 별처럼 솔잎에 맺혔다
그림자도 예쁘단 말 정말이다

막다른 길에서

험한 산 길을 가다가 숨이 찰 때는
너럭바위에 앉아 쉬기도 하다가
막다른 길에서 길을 열어주는 의지목
벼랑에서 구원의 손이 되어
수명을 다하는 나무를 보며
나도 그처럼 의지목이 되어
제자에게 친구에게 자녀에게
소박하게 웃을 줄 알아야겠다
당산나무보다 신앙을 실감하는 나무
그 앞에서는 결단해야 한다
막다른 벼랑길을 오르려 하는 자는
세속의 오만을 버려야 한다
돌아갈 길을 바로 오르게 하는 나무
의지목은 겸허한 이에게만 손을 내밀며
막다른 벼랑에서 오래오래 뿌리를 내리고 산다

떠돌이 강아지

오요요 오요요
강아지야 강아지야
헐벗은 등허리 아린 바람에
까칠한 살갗이 무슨 죄인가

의지할 곳을 찾아
남의 집 문전에서
문전으로 해가 저무는
발바닥이 짜디짠 떠돌이 비렁뱅이

젖 떨어진 저 강아지
떠돌다 떠돌다 허기져
물배라도 채울까
우물가 물 항아리에 제 얼굴을 비쳐 보네.

제4부

반 잔의 술

바람이 내게 와

느티나무 아래서 누군가를 기다릴 때
바람이 나에게 와 장난스런 아이처럼
내 겨드랑이를 살살 간질이며
나뭇잎에서 저도 까르르 웃는다

바람은 아무도 가둘 수 없다
눈이 없어도 발이 없어도
보이지 않게 높은 산을 넘나들고
휘파람 불며 구름을 몰고 다닌다

바람이 내 앞에서 길을 쓸어 주며
서달산 숲속으로 인도하여
달마사에 조을던 풍경을 흔들어 깨우고는
다시 만나자는 약속도 없이 나와 이별한다

바람결 매화 향기

단양 강선대의 쑥대밭에서
작가 정비석은 두향의 쇠락한 무덤과
꽃다운 일화를 캐내었으니
죽순봉의 만남이다
두향이 퇴계의 배에 올라
그의 품에 안기었다
순간 배 위에 매화 향기가 진동하였다
사람이 매화인지 매화가 사람인지
퇴계 그만 취하고 말았다
여기는 속세에서 멀리 와 있는 곳
단양팔경 한 자락에
원님이거나 기생이거나
신분은 강물 따라 흘러갔다

세속의 이름일랑 버리고
선남선녀로만 배를 타고 있었다
퇴계 세상을 떠난 다음
두향은 21년 수절 끝에
강선대에서 투신하여 생을 마쳤다
그 일편단심에 감동한 퇴계 제자들
오랫동안 두향의 제사를 올렸다
그녀의 살과 뼈는 물이 되고 흙이 되었어도
강선대의 바위가 다 닳기 전에는
바람결에 두향의 매화 향기 오늘 같아라.

바람이 심심하면

바람이 심심하면
절에 와서 풍경을 연주한다
샘물같이 맑고 새털처럼 가벼운 소리가
온종일 절 집 추녀 밑에 노닌다

저녁놀 드리우면 절 집 벽에 그린 심우도
흰 소를 타고 가는 사람도 귀소를 서두르는 듯
귀소하는 소는 워낭을 흔들어 소리를 낸다
소를 모는 농부는 개울 앞에서
노을진 하늘을 본다
심우도에는 왜 동그라미가 있을까 생각에 잠긴다.

반 잔의 술

이마를 서늘하게 식혀주는
어머니의 물수건처럼
산그늘이 논배미에 내리면
논에서 나와 호미를 씻고
또랑물에 발을 씻는다

석양 뒤를 따라 땅거미가 내리면
남은 반 잔의 술로 허기를 채우고
새우처럼 꼬부린 허리를 편다
행여 누구와 나눌까 남겨두었던
반 잔의 술이 정말 고맙다

반 잔의 술로 땀 들이며 바라보는
석양이 이 술맛처럼 안락하다

박목월 선생님

햇볕 좋은 창가에 앉아서
검은 책보에 강의 노트를 싸가지고 다니시던
박목월 선생님을 생각한다
나그네와 달과 구름의 노래로부터
들려 주신 커튼 이야기
막내 방에 친 커튼을 기대하면서
골목 안에 들어섰다
우리 집 창문이 보이는데 커튼이 안 보인다
막내 신규의 응석을 받아
애써 모은 돈으로
공부방에 커튼을 꾸며 주려 했는데
아내는 엉뚱하게 새 이불을 꾸몄다

마른 침을 삼키며 쓴 말을 했다
그리고 그 일을 잊어버린 어느 날
막내의 방 창문이 석양을 받아
화려하게 꽃을 피웠다
아내는 여러 개의 헝겊을 모아
조각보 커튼을 쳤다, 콧등이 시큰했다.
나보다 더 나를 알아주시던 선생님.

반달

반달 보니 반만 채운 어머니 밥사발이 생각난다
음력 열 하루 뜨는 반달은
새끼들 배 불리려고
반을 비운 어머니의 사발
두고 보는 고려청자에 비할소냐
내게는 더 귀한 금가지 않은 이조백자
그리운 어머니의 초상화
보름달로 가는 아득한 하늘의 길을
밤낮 마음에 새의 날개 달고 바라보는 반달

비 내리는 날

내 시골 살 때
비 내리는 날은
십 리 밖에 사는 친구가
지우산을 쓰고 왔지
감자 찌고 옥수수 쪄서
바가지에 내놓으면
감자를 왕소금에 찍어 잘도 먹었지
초가을엔 풋콩 다발을 들려주고
늦가을엔 수수목을 잘라 주면
그런 재미로
비 내리는 날은
십리 밖에서 친구가 찾아왔다
그래 논밭이 고마운 줄 알았다
비가 내리면
갈라진 고논에 논물이 고여 좋았다
비가 내리는 날은 추억 속으로 걸어간다.

빈 자리

낙엽이 지며 스산한 날
석양에 술 한 잔 생각날 때는
체전부도 가지 않는 먼 주소로
낙엽에 쓴 편지를 날려 보낸다

내 옆 빈 자리에 술잔을 놓고
그와 나누던 정담을 채워 본다
턱이 긴 얼굴이 나를 바라보며
답잔을 권하는 음성이 들리는 듯한데
손이 보이지 않는다

얼마 만큼 멀리 가 있는지
눈꽃 수놓은 꽃마차를 타고 속절없이 간 뒤에
가 있는 주소를 알 수 없다
행여 가다가 소주 몇 잔으로 갈증을 풀었는가
바라보는 저 석양 어디엔가 가 있는가.

산이 내게 와

산이 내게 와서 산에서 살라 하네
구름은 흘러가 다시 오지 않아도
언제나 이곳에서 기다리니
맨몸으로 오라고 하네

집에서 하루 살면
산에서 한 달을 살고
집에서 한 달을 살면
산에서 일 년을 살라 하네

높은 산을 멀리 바라보며
낮은 산을 높게 보고
평준한 능선을
마음에 그려보네.

서달산 노래

관악산 내려와 까치고개 지나서
나이든 나무들이 울창한 서달산
한강을 바라보며 현충원을 안고 있다

혼자 걷기 좋은 둘레길을
지팡이 벗삼아 걷노라면
도토리 묵을 쑤는 고향이 떠오른다

샘물 같은 새소리가 흥을 돋우는
여기는 내 마음이 쉬어가는 곳
맑은 바람이 달마사의 풍경을 흔들고 간다.

석청 따는 여인

홀로 된 뒤에
산에 기대어 사네

낭떠러지에서 떨어지는 꿈을 꾼 뒤에는
눈 앞에 산이 보이네
이 산 저 산 헤매 다니며
쉰 길 벼랑에 벌집 기미가 보이면
외줄을 타고 올라 이 귀한 석청을 딴다네

그 일을 할 때는
단번에 열흘 치 땀을 쏟으며
석청을 따면 열흘을 산다네
사는 것이 이런 거지

일에 이골이 나서 대물을 딸 때는
떠난 님을 잊기도 한다네

석양의 노래

어머니는 밭일에 쉴 날이 없고
아버지는 늙었으니
딸 많은 집에 외아들이라
아버지 논일을 도우라 하시니

장난감 같은 지게에
등 빠지게 볏단을 나르는데
해는 길기만 하다

포근하게 눈이 내리듯
드디어 산 그늘이 온 들판을 덮으면
빈 지게 지고 소를 몰고
집으로 돌아오는 길

워낭소리는 산들바람이 된다
석양의 노래가 된다
개울을 건너는데 마침
머슴새가 쫏쫏쫏쫏 소를 몰고 간다.

세연이

항상 맑게 살라시며
아버지께서 내 이름 자에
맑을 정(晶)자를 넣으셨다
항상 어린 마음을 잊지 말라시며
스승님께서 내 아호를
염소(念少)라고 하셨다

금지옥엽 손녀의 이름 지어
곱고 예쁘게 다듬으며 살라고
씻을 세(洗) 예쁠 연(姢)자 하니
이름대로 홍익대에 들어가
대학생미술공모전에 특선했다
이름에는 꿈이 실리는 것
이름의 아름다운 빛을 아껴 닦음이다

풀과 나무도 제 이름의 모양을 내고
제 이름을 부르며 노래하는 새
바라는 건 많지만
모두 제 이름 값을 하며 살아간다.

세화世和 다녀가다

'여든 여섯 드신
엄 시인 춘당께서
달력에 쓰신 것이다
世和來去'
그대가 쓴 시일세
그 동안의 세월이
개나리꽃 지고 넝쿨장미 필 동안이라니
세월을 금척으로 재며 좋은 시를 쓰더니
아직 할 말이 태산처럼 남았는데
그대 가다니
내 선친께서 하신 말씀
내가 또 하다니

금방이라도 내 어깨를 툭 치며
형님!
부를 듯
흔들리는 이승의 숙소에서
영원히 평안한 나라로 그대 갔다 하지만
구름으로 떴다가 비 되어 다시 오게
그대 간 자리
추억의 풀밭에 이슬 영글고
부신 햇살에 지는 꽃밭에서
허허 허허 마음 놓고 운다
이별은 당연한 것
당연한 것을 서러워 한다.

솔밭길 걷기

나뭇가지를 흔드는 바람아 잘 가거라
나도 가야지 손을 흔든다
바람처럼 모르게 세월이 간다
서서 살아온 세월이 쌓여 발이 아프다
만원 앞차를 보내고 다음 차에 앉아 가야지

나이 여든 줄에 드니
마땅히 갈 곳도 없지만
마음은 아직도 좋았던 시절의 꿈을 따르며
다시 떠나기 위해 돌아오는 집

쌓인 서책들은 그래도 못 버리는 고전이 되고
세상 돌아가는 이야기는 물릴 때가 되었다
고전을 서재에 묻어두고
모처럼 뒤따르는 아이들과
솔밭길을 걷는 날은 좋은 친구들 생각이 난다.

수레국화

채소에 밀려 밭 모서리에 소담하게 핀 노란 꽃
이름 모르고 좋아하던 노란 꽃
근친 온 새색시처럼 환하게 웃더니
어디 멀리 가서 남의 족보에 올라
보도 듣도 못한 '루드베키아'
낯선 이름을 달고 왔다
탐석 갔던 신륵사 길
주점에서 마주하여
손등으로 눈을 문지르며 다시 보았다
어린 시절 추억이 고스란히 녹아 있는 꽃
먼 나들이 끝에 이름을 바꾸어 온 노란 수레국화
봉숭아 맨드라미 채송화 백일홍 꽃 핀
우리들의 꽃밭에 다시 와서 본 모양을 내고 있다.

수저

내 어릴 적 일이 못내 그리워
제철 망둥이 낚시질에 흠뻑 빠져 있을 때
염전 저수지에 해가 지고
귀가 길에 목로술집 사발막걸리에 취해
아차 어머니의 기일을 깜빡 잊어버리고
부랴부랴 집에 왔을 때는 자정이 넘었다

제사상에 메를 올리고
수저를 얹으니 간절한 어머니 생각
젖을 빨던 잇몸에
고추꽃처럼 하얗게 난 간니를 보시고
수저를 쥐어 주시며 또한
손수 수저가 되어 주시던

3제사상에 메를 올리고 수저를 얹으니
일년에 단 한 번뿐인 이날
보이지 않는 손을 기다려
밤을 지새우며 한숨지었다 .

수렴동

수렴동 다짐하며 화진포 잠깐 보고
용대리 하룻밤 묵고 백담사 둘러보면
수렴동 가고 오기에 하루 해가 기운다

수렴동 가자 가자 신록부터 벼르던 일
길동무를 못 찾고 단풍이 물들었다
마음의 길이 막히니 비켜갈 길 없구나

마음을 기댈 곳 없어 갈 곳을 찾아본다
달 뜨는 정자에서 술 권하던 친구
수렴동 가자던 약속 그냥 두고 간 곳 없다

제5부

은덕

숨바꼭질

가방에 매달린 신주머니
대롱 대롱

흔들리며 요리조리
조리요리로 숨바꼭질 하며

숨바꼭질 하며 놀며 가면
학교에 벌써 다 왔다

실내화야 숨지 말고
그만 나와라.

연수 양의 편지

한강의 성수대교가 무너져 내렸다 1994.10. 21.
불의에 익사한 수십 구의 시신과 함께 건진 가방
속에는 한 여학생의 숨긴 효심이 들어 있었다.
"아빠 저는 요즘 얼마나 마음이 아픈지 모릅니다.
하지만 아빠!
저를 때리신 것이라 생각지 마세요
제 속에 있던 나쁜 것들을 때려서
물리친 것이라 생각하세요
아직 덜 익은 열매라서 떼를 썼지만
비바람과 천둥 번개를 이겨내고
아주 멋진 열매로 아빠 앞에 서게 되도록 하겠습니다.
1994년10월20일. 아빠를 사랑하는 연수가 드려요"
-연수 양의 명복을 빈다. 그른 것을 고쳐 바른
데로 옮기기를 작정한 진실한 소녀의 이 편지가 세
월에 묻혀 행여 망각의 심연으로 갈앉을까 하여
내 작은 지면이나마 적어 둔다.

염소念少의 담배

마음이 가는 대로 문을 세 번 열고
나무 아래 빈 의자 찾아 앉는다
이마에 흐르는 땀을 들이며
저녁 술참에 갈한 목을 축이듯
심심초에 꽃 같은 불 피워 문다

자기를 불쏘시개 삼아 타는 연기가
헝클어진 실 풀리듯 문양을 그리며
불안과 슬픔에 마법을 걸어 잠재운다
때로는 봄의 향기를 풍긴다

나의 춘당과 미당에 이어
몸에 밴 이 노릇을 버리지 못한다
이명처럼 거스르는 소리 거두어버린
망 미수의 할아버지
놋잿떨이 장죽 두드리는 소리 아스라하다.

시의 맛 감동, 재미, 멋

보리는 쥐불처럼 겨울을 산다
그들이 등걸잠을 잘 때에
은혜의 이슬은 벗은 발을 적시고
얼어붙은 가슴을 적신다
아직은 거울에 비추지 않는 봄을 모으며
보리는 순교자의 잠 속에 꿈이 된다
농부들의 가슴에 감동의 불을 지핀다.

지리산 산청에 자식 없는 아주머니가
보리밭에서 줏어 온 멧돼지 새끼를
자식처럼 키우고 있는데
산청의 자식 없는 아저씨가
자식처럼 키우는 부엉이 새끼를
저 멧돼지새끼와 바꾸자고 했더니

"안 되겠니더, 어떻게 부엉이 새끼까지를
다아 안고 기른답니꺼" 하며
산청의 아주머니는 슬그머니 뺑소니를 치더랍니다.

우리 아기는 필경 새론 향기
파란 바람으로 우리집에 올 것이니
뜰에 각시풀과 반지풀도 심고

개울에 옥돌과 동그란 오석알 주워
반지알로도 쓰고 목걸이도 만들며
돌과 풀과 친하며 멋지게 자라리라
비단처럼 멋있는 시도 쓰겠지.

*2연: 미당의 시 참조.

씀바귀꽃

수숫대에 단맛 들면 씀바귀꽃이 핀다
비바람 뙤약볕에 쓴맛 들면서
스물 꽃잎 활짝 핀 성년이 된다

간난이처럼 작고 예쁜 씀바귀꽃 피면
간난이를 만나자
여뀌풀 짓이겨 또랑물에 피라미 잡고
소달구지 밑에서 소꿉놀이 하던 간난이

내외할 나이엔 까만 머리에 댕기를 들이고
물 길러 가는 길에 나를 엿보았지
목화 따러 가는 길에 눈을 맞추고
그 때 내게 하고 싶었던 말을 이제 하렴

고래등 같은 기와집에 시집가서 잘 사는지?
추억의 보리밭에 종달새도
스러져 아스라한 모습을 떠올리며
나의 생명의 환희를 느껴보려 한다.

염소의 초상

"형님 이거 형님 돌"
주머니에서 꺼내
염소 문양의 작은 돌을 내게 건넨다
염소의 초상이다
그리고 형보다 먼저
하늘로 떠나간 변세화 시인
피붙이 같다던 돌들
이승에 두고 어찌 떠났을까
돈 가진 사람 돈 가지고 살라 하고
우리는 돌 가지고 살자 하며
허구 많은 날 탐석을 다녔지
별나라에 가서도
돌 가지고 산다 할까
된다면
내 가진 염소의 초상이라도 보내드릴까

영월 동강에 가면

단종의 한이 서린 동강 청령포
차고 맑은 옥색 물이 자갈을 헤아릴 듯
한천어 열목어 쉬리가 억수로 어울려 논다

강가 꽃덤불 흥겨운 들꽃들의 잔치
산자락에 들어앉은 꽃마을에
부엉이 뻐꾹새 소리 들으며 엄씨들이 산다

엄흥도 할아버지가 단종의 시신을 수습한 거사로
백 년 뒤에야 다시 돌아 고향을 찾아온 엄씨들
막히면 돌아가는 강가에 선다
흘러가는 낙엽 하나 꽃잎 하나에도
마음이 간다.

용의 눈

월악산 송계에서 온 돌
용의 눈에 물을 부으면 옥로처럼 고인다
손이 따스한 땅꾼과 시인 변세화와
옥수 흐르는 송계 개울에서
중타리 틈바구 꺽정이 살이치기
배때기 따서 깻잎에 마늘 얹어
바람도 안주 삼아 소주를 마셨다
맨살의 물소리에 무릉가를 흥얼거리며
'이니스프리의 호도'를 그리던
시인 변세화
돈 가진 이 돈 갖고 살고
돌 가진 이 돌 갖고 산다며
달 넘어가고 해 뜰 때까지
우리는 죽이 맞아 이야기 꽃을 피웠다
지금은 잃어버린 월악산
용의 눈에 옥로 고이며
옛날이 그리워 내 눈이 새삼 붉어진다.

우리 하늘

어릴 때는 그냥 그냥 지나쳤다.
나이 듦에 자꾸자꾸 하늘을 본다
패랭이꽃 위에 미류나무 위에
경포호수 위에 계양산 위에
하늘은 형형색색이더라
할머니 산소가 있는 하느재고개에는
노란 들국화가 하늘과 함께 살고 있었다
논두렁을 베고 누운 아버지가
익은 곡식의 향기로 그득한 하늘을 보며 웃고 있었다.
심청의 아버지는 딸을 팔아서라도
이 하늘을 보고 싶어 했더란다
그럴 만도 하지
들어가는 문도 나오는 문도 열려 있어
새들은 무시로 하늘을 난다
사과빛으로 감빛으로 대추빛으로 물드는
하늘 보며 눈이 즐거운 것을 이제 보겠다.

와불도 거북바위도

누워서도 말하고 바위라도 말을 하는
와불도 거북바위도 답답해 일어서리라

풀잎처럼 부드러운 혀를 가진 민초들이
강철 같은 의지로 굴레를 벗으려 한다

무엇보다 더러운 세력들이
물을 흐리는 미꾸라지들이
잡돌을 옥이라 하며
뱀의 혀로 사이비 나발을 불지만

채찍을 맞아도 곧게 일어서는
뜨거운 가슴들이 횃불을 들고
밑돌을 뽑아 장성을 무너뜨린다

얼었던 강물이 풀리며
원한 맺힌 역사의 매듭도 풀리리라

침묵하는 진실은 불의를 낳노니
이제는 두 손 모으고 기도할 때는 지났다
두 손 불끈 쥐고 쥐불처럼 일어설 때다
와불도 거북바위도 일어나리라.

우물가

자줏빛 치마에 개나리 저고리 순이가
볕 좋은 바위에 앉아 버들피리 불면
동네 나무꾼 총각들 가슴이 벌렁벌렁
행여나 진달래약탈 당할까
연달래 진달래 난달래들
물 긷는 우물가를 서성거린다.

은덕

부모님 성묘 간 길에
우리 아이들이 따온 감은
할아버지가 심은 나무였다

해가 있어 달이 밝듯이
부모님이 해라면 나는 달이요
대를 이어가는 강나루의 사공

우리 아이들이 두루 잘 되고 있는 것
오늘 또 맛있는 감을 따먹는 것도
먼 앞날을 헤아린 부모님 은덕이라

유년송

그 해 겨울 나는
손발이 닳도록 썰매를 타다가
흠뻑 젖은 솜바지를
마른 풀 불에 말리고 있었다
서산에 해는 지고 땅거미가 길에 깔리며
초가지붕 위로 저녁 연기가 하얗게 피어올랐다
시장기로 몸을 떨며 집에 가고 싶었다
설 지나면 얼음판에 가지 말라고
얼음이 꺼진다고 어머니가 말씀 하셨는데
젖은 옷이 걱정이었다
망설이다 망설이다 광으로 숨어들었다
쥐들이 발발 기어다녔다
귀신이라도 나올 것처럼 깜깜하고
무서워 떨고 있는데 광문이 열렸다
누나다, 누나의 손을 잡고 방에 들어갔을 때

내 언 몸을 꼭 껴안아 주시는 어머니
눈물이 내 뺨 위로 떨어졌다
어찌 이런 날이 또 있을까.

이제 남은 것은

이제 남은 것은 안분(安分)이다
발로 오르지 못하는 산을
마음으로 오르며
꽃동산보다 화려한 석양 길에 들다
십 리를 걷고 백 리를 온 듯
혼자 술을 마시며 친구들을 생각한다
명동회 모임에 열 명이나 모였으니
얼마나 좋으냐 하며
바른 길을 걸어왔는지
좋은 일을 얼마나 했는지
아직도 즐길 일이 얼마나 있는지
분수를 알고 살아갈 일이다.

잔디밭에서

세상에 나와
마른 잔디밭에 불지르고
석양을 기다리며 재를 남긴다

달 가고 해 가면
내년 신록의 계절을 맞이하여
파란 들 잔디밭을 다시 보리라

세월은 아낙의 키에 실리는
청보리 껍질

나이를 잊고
편한 몸가짐을 바람과 서리에 실리면

귓속엔 항시
열 여덟 맑은 물살이 흐른다.

장군의 비석

조국의 밤하늘에 별이 된 전사들
비석들을 지나
채명신 장군 비석 앞에 선다.

월남전의 영웅
아들과 손자의 손잡고
애국과 충성의 표상을 본다.

장군은 늘 동작동 현충원을 바라보며
'부하들 곁에 묻히고 싶다'고 했다.
그리하여 건군 이후
병사 묘역에 안장된 첫 장성이 되었다.

월남전에서 자신을 따르던 병사들
언제나 병사들의 전공을 앞세웠다.

병사들 앞에 경건하게 별을 내려놓고
영원한 쉼터로 택한 2번 병사 묘역
병사들과 어깨를 나란히 한 작은 비석에
묘비명을 남겼다
'그대들 여기 있기에 조국이 있다'

제주의 양반집

옥호가 좋아 찾아간 양반집
손님 맞이하는 품이 융성하다

방 윗목에 장고가 금방 둥당 소리를 낼 듯
곁에 온 여인은 허리 가는
눈매가 예쁜 자청비의 후예다

안주를 권하며
자청비 노랫가락을 명주실로 뽑는다

"서천꽃밭 말잿딸을 만나고 와서
거기 가 삼 년을 살면
내게서랑 석 달을 살고
거기가 석 달을 살면
내게서랑 삼 일만 사십시오…"

황홀한 노랫가락이 살 맛을 낸다
한라산의 눈꽃으로 피어난다

찾아오는 주객마다 사대부 대접이라
한라산 등반 후에
하산주 하기에는 양반집이 안성맞춤
바다 건너 소문 날까보다.

*자청비 : 제주도의 장편무가. '세경본풀이'에 등장하는 대지의 여신.

젖니 간니

헌 이 줄께
새 이 다고

이, 이
아가가 입을 벌리면

간 이가 두 개
겨우 이 학년

깡총 깡총 건너 뛰는
징검다리 돌처럼

새 이가 나면
호두알도 딱딱 깨어 먹을래

제6부

초임지

제비꽃

키를 낮추고 꽃을 보네.

키가 작아 납작 엎드린
간들간들 제비꽃
가는 뿌리 길게 늘이고
샘물 가에 홀로 피어
수줍어서 외롭다는 말도 없이
하도나 심심하여
제 얼굴을 비쳐 보네.

지금

가지 않은 곳 없이 일과 산을 찾아 다녔다
하루 종일 발 밑에서 고생한 신이 고맙다
집 밖에 나서니 지팡이가 아쉽다
탈것에 올라 앉을 자리를 찾는다
세월이 가르쳐 주는 것
마음은 세월을 비켜갈 수 있기에
아직 살지 않은 날들을 생각하며
나는 지금 행복하다.

칭찬

친구가 말하기를
자네 아들 딸 잘 키웠다
하기에
나를 칭찬하는 줄로 잘못 알고
부끄러워 할 적에
재차 말하기를
다 자네 부모님 덕분이라고
해서
좀 안심 되었네
'죽은 조금 자셔도
생강 씹기는 거르지 않았다'는
공자님도
생강 씹듯 칭찬하면 좋아하셨다네.

초임지

가슴에 꿈이 부풀고
얼굴에 진달래꽃 피는 스무 살 병아리 선생
젖니 갈고 새 이가 나듯
사회에 첫발을 내디딘 초임지 시절

평생에 제일 재미있는 이야기
아이들과 뒷동산에 올라 풀꽃을 보고
개울에 나가 이를 닦았다
어항에 피라미 잡아 어죽을 끓였다
앵두나무 울타리 집 처녀와
마주치면 얼굴을 붉혔다

시인이 되겠다고
밤에는 호롱불 밑에서 책을 읽었다
세월이 흘러 사오십 년 지나며
풍금 치던 손마디가 굵어진 지금도
그때 일기장에 쓴 글이 좋다.

칡뫼마을

달 뜨는 갈대밭 갈아 논을 만들고
칡덩굴 걷어내고 밭을 일구어
칡뫼마을이란다

한숨진 어머니의 호미자루에
뙈기밭을 늘리고
십 년도 늙어뵈는 아버지의 쟁기날에
다랑밭논을 넓히었다

새갈밭에 감자 수수 목화 심고
아랫벌논에 찰벼를 거두어
떡을 쳐서 마을잔치에 턱을 내었다

아버지가 손수 지은 초가집
물푸레나무로 울타리 친 뒤란에는
모란에 함박꽃도 피었다

고논에는 황금물결이 낫을 기다리고
도랑물에 피라미 잡는 물총새가 높이 날았다
늦은 저녁 논길을 달이 따라오더라
계양산 고갯길에 달 뜨면 찾아갈까.

.

촌티 내다

김치에 신맛이 들면
남새밭 푸른 빛에 군침이 돈다

나뭇잎 따서 피리를 불까
염소 우는 입내나 내어 볼까

조상의 솔밭 선산을 찾는 마음에
소를 모는 전설의 머슴새 소리 여전하다

울타리 너머 누룩 뜨는 냄새
인정 마른 가슴들을 훈훈하게 뎁힌다

강아지도 이팝을 먹는 좋은 시절에
아직도 쑥국을 못 잊는 것은 고향 탓이다

이들 그리워 돌아가야지
샘말밭 새갈밭으로
60년을 벼르며 촌티를 낸다

큰 누님

홀로 된 뒤에 손수 논밭일 쪼들리며
지난 해의 빚 가릴 풍년을 비는데
문설주 들이치는 비 이 밤 내내 오려나

허리띠 조르며 가마니 멍석 치고
일손을 잠시도 놓을 수 없다마는
어쩌노 하늘만 보며 살아가는 두더지

꿈 속에도 아른아른 보이는 파란 들녘
중추절엔 풋바심 해 햅쌀밥 먹겠네
온 누리 그득한 달빛 가슴 펼 날 있겠지

푸르른 시절

멀리는 높은 산
가까운 데 낮은 산
푸르른 시절

겁 없이 오르던 높은 산으로부터
세월 따라 낮은 산으로 내려와
뒷동산 둘레길을 오르내린다

바로 오르던 높은 산길은
지난 세월에 미련없이
청춘에게 돌리고

가파른 길을 돌아돌아 쉬엄쉬엄 오른다
저기 저 산은 지금도 그냥 그대로
낮은 산도 좋은 줄 이제야 안다

한 노인의 말씀

산속 바위에 가만히 앉았다가
금방 속세로 내려온 듯한
아흔아홉 드신 노인께
"재미가 어떠시냐
몇 세일 때 제일 행복하시더냐"
여쭈었더니
"지금이다
오늘은 선물이다
맛이야 홍시맛이 아닌가
지금 사는 맛이 홍시맛이다"
앞으로 몇 해를 더 하시려나 여쭈었더니
"그야 아무러면 대순가" 하고
"낮과 밤을 가릴 뿐 시간은 모른다
심우도의 황소처럼 황모를 벗고
흰 소가 될 때" 라는

노인의 백발이 흰구름처럼
유유자적 행복한 시간을 흘러가고 있었다.

하현달

봉선화 물들이는 열일곱 살
새파란 나이에
하늘로 날아간 막내딸 생각에
온 밤을 하얗게 지새운 새벽 하늘에

그 애 손가락의 은반지를
설움의 깊은 우물에서 건져내어
정화수로 맑게 씻어서
하늘에 내놓았더니 은반지 가에 달무리 둘려라

할머니의 옛이야기

할머니 무릎에 누워
별 보며 들은 옛이야기
옛날옛적에 견우와 직녀 의좋게 살다가
하늘에 올라가 별이 되었다
은하수가 돌아오지 않는 강이 되어
헤어져 살면서 삼백예순 날을
만날 날을 고대하며
직녀는 견우의 옷감을 짜고
견우는 직녀의 짚신을 삼았다
마음씨 고운 까막 까치들이 보기에 안쓰러워
칠석날 은하수에 오작교를 놓았더란다
머리털이 벗겨지도록 모세의 기적을 낳았지
그것이 고마워 견우와 직녀는 눈물이 나서
칠석날은 비가 되어 내린다더라.

홍련암

아득한 절벽에 연 걸린 듯 홍련암
의상대사 오신 길에 하얀 해당화가
홍련인 듯 고웁다
숨 고르며 홍련암에 올라 보니
바다가 마루 밑에서 북을 치고
추녀에 매달린 풍경 소리에
아기중이 섬돌에 앉아 병아리처럼 조을고 있다.

황혼에 그린다

모내고 김매고 배동기를 지나
논에 맑은 가을 바람이 불면
들판은 온통 석양빛에 빛나는 황금물결
한여름 땀 흘린 농부들의 낫을 기다린다

이 한가한 때를
누나는 마른 물꼬를 찾아 생이를 건져오고
아버지는 이웃들과 어울려 수문을 퍼서
붕어 메기들을 잡아 온다

어죽 끓는 구수한 냄새가
집안에 넘쳐 울타리를 넘어간다
초가지붕 위로 피어 오르는 하얀 연기
옛날을 더듬어 황혼에 그린다.

흙 냄새 그리워

내 고향 흙 냄새 그리워 길 떠난 날에
맨발로 걷기 좋은 논길을 간다
소나기 그치면 계양산에 무지개 서는 곳

장독대 언저리에 분꽃이 피면
누나는 뒤란의 우물 퍼서 밥을 짓고
개울에서 빨래 하며
물꼬에서 생이도 잡았다

어머니는 밭고랑 기다림으로 얼굴이 그을고
등 굽은 아버지 논에서 나오실 때
빈 주전자에 한산소곡주 생각

파란 들 물결치는 논두렁에서
조는 듯 들리는 뜸부기 소리 그치고
석양이 잦아들며 서산 머리에 늑대별이 뜬다

별처럼 나를 불러
눈에 삼삼한 고향
부모님 땀 흘리던 전답이 있던 곳.

흥륜사의 호랑이

탐석 차 찾아 간 맑은 강물에
짐승의 문양이 얼비쳐 꺼내 보니
돌 속에서 백호가 울고 있었다

산속에서 천만 년을 잠들었다가
몇천만 번을 굴러 갈고 닦이며
호랑이가 되어 나온 돌

연화좌 위에 모신 부처님처럼
좌대 위에 얹혀 놓고
경주 흥륜사의 호랑이라 이름 지었다

신라 사람 김현이 탑돌이에서 만난
처녀로 둔갑한 호랑이
무슨 인연으로 수천 년 흘러 나와
우리집에서 나와 상봉하는 돌

작가소개

엄한정 嚴漢晶

○ 아호: 梧下. 念少. 1936년 인천출생
○ 서라벌예술대학 및 성균관대학교 졸업
○ 1963년 아동문학(박목월 추천)지와, 現代文學(서정주 추천)지로 등단
○ 시집 낮은자리. 풀이 되어 산다는 것. 머슴새. 꽃잎에 섬이 가리운다.
   면산담화. 풍경을 흔드는 바람. 나의 자리.
○ 동인지 : 이한세상 1~18집
○ 국민훈장석류장. 한국현대시인상 본상. 성균문학상 본상. 일봉문학상.
   한국농민문학상. 한송문학상 미당시맥상
○ 한국문인협회 감사. 국제펜클럽한국본부 이사. 한국현대시인협회 부회장.
   한국농민문학회 회장. 미당시맥회 회장. 한국문인산악회 회장 등 역임
○ 이한세상 동인, 교직 40년 경력
○ 우)08730
   서울특별시 관악구 관악로 304, 110동 703호 (봉천동, 현대아파트)
   전화 : 010-2224-9248, 02) 872-9248
○ Email : oha703@hanmail.net

나의 자리

| 초판 | 1쇄 인쇄일 | 단기 4353년 (서기 2020년) 7월 12일 |
| 초판 | 1쇄 발행일 | 단기 4353년 (서기 2020년) 7월 21일 |

지은이 　| 엄한정
펴낸이 　| 황혜정
인쇄처 　| 삼광인쇄
펴낸곳 　| 문학사계
　　　　　등록일 2005년 9월 20일 제318-2007-000001호
　　　　　서울시 중구 세종대로 135-7 세진빌딩 303호
　　　　　Tel 02-6236-7052, 010-2561-5773

배포처 　| 북센(031-955-6706)

ISBN 　| 978-89-93768-61-9
가격 　| 18,000원

가격 18,000원
03810

9 788993 768619
ISBN 978-89-93768-61-9